REPENTIR
PATER

—

POËMES

Charles Didelon

REPENTIR

POËME

ÉDITION POPULAIRE

Aux frais de l'auteur

NANCY

1880

REPENTIR

Vidi cuncta quæ fiunt sub sole, et ecce universa vanitas,
et afflictio spiritûs.

(ECCLÉSIASTE, I, 14.)

Ils sont passés ces jours de ma folle jeunesse,
Jours dont je n'ai gardé qu'un honteux souvenir :
Je me réveille enfin de ma coupable ivresse,
Et mes yeux dessillés lisent dans l'avenir.

Malheur, trois fois malheur à l'imprudent, à l'homme
Qui fouille de son pied la fange des bas lieux !
Malheur à qui sont chers les faux biens qu'on renomme !
A ceux qui pour la terre ont délaissé les cieux !

Moi, c'est ce que j'ai fait : au banquet de la vie
Je suis venu m'asseoir comme dans un festin ;
Je m'y suis délecté comme dans une orgie,
Mangeant, chantant, buvant, du soir jusqu'au matin.

Ils me l'avaient bien dit, ces saints prêtres, ces sages,
Qui des dogmes sacrés nous expliquent la loi,
Et tiennent vaillamment, malgré la nuit des âges,
Devant nous ferme, haut, le flambeau de la foi :

Il ne faut point chercher le bonheur en ce monde ;
Chanter, se réjouir, se couronner de fleurs :
Tous les biens qu'ici-bas sur le sable l'on fonde
Ne durent qu'un moment, se changent en douleurs.

Fuyez les vains plaisirs ! redoutez-en les charmes !
Dans un repos trompeur chacun peut s'endormir ;
Notre pauvre vallée est un séjour de larmes
Où l'on doit travailler et prier et gémir.

Je ne les ai point crus : reniant leur parole,
Ministres de Baal ! sophistes, songe-creux,
J'ai suivi vos conseils, encensé votre idole
Et pris pour la lumière un rêve ténébreux.

Et, depuis ce temps-là, sur la pente du crime
Il me semble rouler comme du haut d'un mont ;
Et je vois à mes pieds, hélas ! pauvre victime,
S'ouvrir un précipice effroyable et sans fond.

Ne puis-je m'arrêter ? N'est-il pas temps encore
De demander au Ciel pardon de mon erreur ?
Oh ! je le reconnais, Dieu clément, que j'implore,
J'ai péché contre toi ! j'ai ma faute en horreur !

Toi seul es le vrai bien, la fontaine, la source,
Où, sans crainte, un mortel peut se désaltérer ;
Toi seul es le bonheur, l'étoile où, dans sa course,
Doit tendre un voyageur qui vient à s'égarer.

J'ai vu, j'ai consulté les choses de la terre,
Demandant à chacune un mot de vérité :
Chacune a répondu, déception, misère !
Ici, tout est mensonge, orgueil et vanité.

La vie et ses attraits !... Trop riante peinture,
Pourquoi venais-tu seule occuper tous mes sens ?
Pourquoi donc sous la fleur, ô cruelle imposture !
Cachais-tu le poison que partout je ressens ?

Oui, je t'ai méconnu, bonheur que je regrette !
Tu m'apparus en songe et je crus te saisir ;
En fuyant à mes yeux, ton image muette
N'a laissé dans mon cœur qu'un mortel déplaisir.

Chaque jour est témoin de ma grande tristesse ;
Chaque jour voit mes pleurs, entend mes vains regrets :
Mon Dieu, tu restes sourd à mes cris de détresse !
J'ai lassé ta bonté par mes nombreux méfaits !

Je t'ai bien offensé pour que, dans ta colère,
Tu sembles me frapper comme un vil criminel ?
Pardonne-moi, Seigneur, pardonne, considère
Combien lourde est ma croix pour un faible mortel !

Viens rallumer en moi le flambeau de ta grâce !
Viens aplanir l'abîme où me plonge l'erreur !
De ta bouche un seul mot peut en combler l'espace,
Et, me rendant l'espoir, dissiper ma terreur.

*

Le gouffre est là, béant ! l'enfer attend sa proie !
Hélas ! vers toi, mon Dieu, je crîrai donc en vain !
Des tourments éternels pour un moment de joie,
Quand tu peux me sauver en me tendant la main !

Je t'entends, Dieu barbare, achève ta victime !
Tu me dis : Va, maudit, va dans le noir séjour.
Brise un frêle roseau, plonge-moi dans l'abîme !
Je le vois, c'en est fait, j'ai perdu ton amour !

Ah ! ma raison s'égare ! En proie à mon délire,
Malheureux, je blasphème un nom qu'on doit bénir !
Par le sang de ton Fils, daigne encor me sourire !
Grâce !... Non, non, du ciel tu ne peux me bannir.

Fais cesser mes regrets, rends la paix à mon âme,
Achève de briser de coupables liens !
De ton céleste amour fais-moi sentir la flamme,
Et vers toi, repentant, pour toujours je reviens !

Avril 1847.

PATER

Sic ergo vos orabitis.
(Ev. S. Matth., 6, 9

A l'homme sur la terre
Il reste un ferme appui,
En protecteur, en père,
Dieu qui veille sur lui.

Au Ciel, en sa faiblesse,
Il doit se confier ;
A toute heure, sans cesse,
L'implorer, le prier.

Aux heures de souffrance
Montrons un cœur viril ;
Conservons l'espérance
Sur la terre d'exil.

Offrons notre misère
Au Ciel qui nous sourit ;
Récitons la prière
Que Jésus nous apprit :

Père, dont la tendresse
Veille du haut des cieux,
Sur nous, dans la détresse,
Daignez jeter les yeux !

Que chacun sanctifie
Votre nom vénéré ;
Que chacun sacrifie
Sur votre autel sacré ;

Que votre divin règne
Vienne bientôt pour nous ;
Qu'un repentir éteigne
Votre juste courroux ;

Qu'on fasse, sans contrainte,
Sur terre et dans le ciel,
Votre volonté sainte ;
Qu'on marche à votre appel.

A votre créature,
Aujourd'hui, chaque jour,
Donnez, pour nourriture,
Le pain de votre amour.

A l'injure, à l'offense,
Je pardonne à genoux ;
O Dieu, plein de clémence,
Aussi pardonnez-nous !

Surtout gardez notre âme
Du péché corrupteur,
Et montrez-nous la trame
Du démon tentateur.

Avril 1847.

Nancy, imp. Berger-Levrault et Cie.